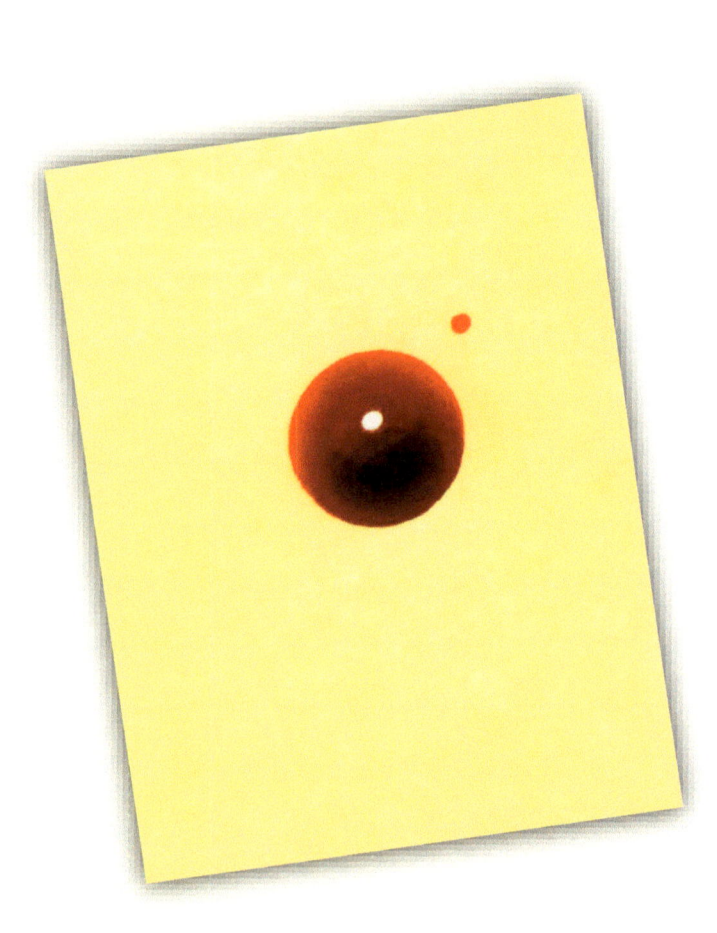

DAS GEHEIMNIS DES SCHLÜSSELS

-KRIMINALROMAN-

ALEXANDER GEDATUS

Bibliografische Information der Deutschen
Nationalbibliothek:

Die Deutsche Nationalbibliothek verzeichnet diese
Publikation in der Deutschen Nationalbibliografie,
detaillierte bibliografische Daten sind im Internet über
http://dnb.dnb.de abrufbar.

Dieses Buch ist auch als E-Book erhältlich.

© 2020 Herstellung und Verlag:

BoD – Books on Demand, Norderstedt

ISBN: 978-3-751-92050-6

Für meine liebe Mama,
die IMMER für mich da ist und
mir mit Rat und Tat zur Seite steht.

Auf den nachfolgenden Seiten werden Ihnen die einzelnen Personen, sowie ein Gegenstand kurz vorgestellt, die in dieser Kriminalgeschichte eine wichtige Rolle spielen...

Alberta...

...ist die Großtante der beiden Schwestern Alisha und Alice. Sie lebt in ihrer Villa, auf einer der westfriesischen Inseln in den Niederlanden.

Sie ist sehr liebenswürdig und sie liebt die Natur und Tierwelt.

Alisha...

...ist die Schwester von Alice und die Großnichte von Alberta. Zu ihrer Großtante hat sie ein gutes Verhältnis.

Sie ist sehr mutig, hilfsbereit und ein hübsches, junges Mädchen.

Alice...

...ist die Schwester von Alisha und die Großnichte von Alberta. Zu ihrer Schwester hat sie ein gutes Verhältnis.

Sie ist eher zurückhaltend, hilfsbereit und ein Mädchen mit viel Willensstärke.

Walter...

...ist der Vater von Alisha und Alice sowie der Neffe von Alberta.

Martin...

...ist ein guter Bekannter vom alten Joe, die beiden sind gut befreundet und treffen sich häufig zum plaudern an der Seeküste.

Er ist sehr hilfsbereit und ein treuer Freund fürs Leben.

Der alte Joe Roober...

...gilt als sogenanntes „Urgestein" im ganzen Land.
Seine Heimat kennt er wie seine Westentasche.
Wenn jemand einen guten Rat parat hat, dann der alte Joe.

Er raucht sehr gerne seinen Pfeifentabak auf einer Parkbank an der Seeküste.

Der geheimnisvolle Schlüssel...

...spielt in dieser Kriminalgeschichte eine entscheidende Rolle, die für Leben oder Tod entscheidend ist.

KAPITEL 1

„DER GEHEIMNISVOLLE, ROTE FLECK"

Erschöpft und mit zitternden Händen saß sie in ihrem kleinen Zimmer. Es lief ihr wie ein kalter Schauer den Rücken hinunter, als sie nur an den muffigen und dunklen Keller denken musste, indem sie die eingekochte Marmelade ihrer Mutter zur Einlagerung verstaute.

War dort im Keller nicht das Geräusch gewesen, was wie das heulen eines Wolfes ähnelte? Oder bildete sie sich das vielleicht einfach nur alles ein? Aber wer oder was soll dieses

Geräusch verursacht haben? War es doch der Wind, der durch die alten Kellerfenster zog?

Oder waren es wirklich kleine Gespenster, die im Keller ihr Unwesen treiben?

Pah! Das ist doch lächerlich. Auch wenn Alisha darüber nur nachdachte wurde ihr bei diesen Gedanken unwohl.

Ja, sie schämte sich sogar für ihre eigenen Gedanken.

Dass es keine Gespenster gibt, ja das weiß doch schon jedes Kind!

Alisha, die schon zu einer jungen und gutaussehenden Frau herangewachsen ist, würde für solche Gedanken am liebsten im Erdboden versinken.

Eigentlich ist Alisha ein sehr mutiges Mädchen, doch diesmal war es anders! Sie erkannte sich selbst nicht wieder. Solche Gedanken schlug sie sich schnellstens aus dem Kopf.

Plötzlich wurde sie aus ihren Gedanken gerissen, jemand klopfte an der Zimmertür.

Es war ihre drei Jahre jüngere Schwester Alice.

Alice ist eher ein schüchternes Mädchen und nicht so mutig wie ihre Schwester Alisha.

Alice kam mit nachdenklicher Miene in das Zimmer ihrer Schwester. In der Hand hielt sie einen Brief.

"Hier für Dich, Alisha. Es ist ein Brief von unserer lieben Alberta", sagte Alice.

Es ist ihre Großtante Alberta, die auf einer der schönen westfriesischen Inseln der Niederlanden eine kleine Villa besitzt. Alisha und ihre Schwester Alice freuen sich sehr, wenn Großtante Alberta ein paar Zeilen schreibt,

doch diesmal war alles anders! Ein paar Tage zuvor hatte die Großtante bereits angerufen und darüber berichtet, dass sich im Dorf etwas merkwürdiges abspielt und auch die Medien schon darüber berichten würden.

Zudem verschlechterte sich ihr Gesundheitszustand drastisch.

Mit ausgestrecktem Arm reichte Alice ihrer Schwester den Brief vor die Nase.
"Nun mach ihn schon auf", drängte Alice.
"Jaa, ist schon gut", entgegnete Alisha. Sie holte ihr scharfes Taschenmesser hervor und öffnete damit den Briefumschlag.
"Dann wollen wir doch mal lesen, was uns die liebe Alberta so schreibt."
Alisha stellte sich nun in das Zimmer und begann somit den Brief der Großtante laut vorzulesen:

Liebe Alisha, liebe Alice,

mein Gesundheitszustand ist nicht mehr so, wie er mal gewesen ist.
Als ältere Dame kommen eben die einen und anderen Krankheiten dazu.
Ihr braucht Euch aber keine Sorgen um mich machen. Es hört sich schlimmer an, als es in Wirklichkeit ist, ehrlich!

Was mich aber in letzter Zeit noch mehr beschäftigt, sind die Geschehnisse hier in unserem Dorf. Merkwürdige Dinge, die mich etwas beunruhigen ereignen sich hier.
In letzter Zeit sind schon zwei Dorfbewohner verschwunden und nach ein paar Tagen wieder aufgetaucht, als wäre nichts gewesen. Und was das ganze so mysteriös macht ist, dass die Verschwundenen sich an nichts erinnern können... Das ganze beunruhigt mich sehr.
Schon jetzt freue ich mich, wenn ihr mich wieder besuchen kommt.

In Liebe, Eure Alberta

Plötzlich wurde Alice kreidebleich.

"Was ist los?", fragte Alisha

"Auf der Rückseite vom Briefpapier befindet sich ein roter Fleck, ist das etwa Blut?"

Absolute Stille herrschte im Zimmer. Eine fallende Stecknadel wäre somit deutlich hörbar gewesen.

Auch in den Herzen der beiden Schwestern herrschte nun Stille.

Was hatte der rote Fleck auf dem Briefpapier nur zu bedeuten?

Ist der lieben Großtante Alberta etwas schlimmes zugestoßen?

Geht es Alberta gut? Und woher stammt dieser rote Fleck?

Handelt es sich hier wirklich um Blut? Und falls ja, von wem stammt es?

All' diese Fragen schwirrten nun in den Köpfen der beiden Schwestern herum.

Nach Zeiten der Stille, fasste sich Alice wieder:

"Glaubst du wirklich, das unserer Großtante Alberta etwas schlimmes zugestoßen ist?"

"Ich weiß nicht, wenn ich über diesen roten Fleck auf ihrem Briefpapier nachdenke, habe ich ein schlechtes Gefühl", entgegnete Alice.

Alisha hörte ihrer jüngeren Schwester aufmerksam zu und nickte entschlossen mit dem Kopf.

Plötzlich schoss es ihr durch den Kopf und keiner konnte sie mehr auf dem Stuhl halten:

"Ich hab´s, wir reisen zu Alberta und besuchen sie für ein paar Tage, so können wir sehen wie es ihr geht und wir haben endlich Gewissheit, was es mit dem vermeintlich roten Fleck auf sich hat."

Alice kniff ihrer Schwester ein Auge zu und sagte:

"Schwesterherz, das ist eine super Idee, noch heute werden wir zu Großtante Alberta aufbrechen."

KAPITEL 2

„EINE ERNSTE GEFAHR FÜR ALLE?"

Die beiden Schwestern suchten ihre wichtigsten Gepäckstücke zusammen. Es musste schnell gehen, denn die Zeit drängte und somit auch die Ungewissheit, was der vermeintlich rote Fleck auf dem Briefpapier zu bedeuten hatte.

Sie durften keine Zeit verlieren! Großtante Alberta könnte in großer Gefahr sein!

Ist es ihr Blut oder doch von jemand anderem? Diese Ungewissheit trieb die beiden Schwestern richtig an und so

waren die Koffer schnell gepackt.
Vater Walter fuhr die beiden zum
Bahnhof, wo es mit dem Zug in
Richtung Niederlande geht.
"Dann passt gut auf euch auf, meine
lieben Kinder und sobald ihr etwas
herausgefunden habt, dann meldet
euch bitte."
"Na klar, das machen wir Vater",
sagte Alisha und setzte dabei eine
glückliche Miene auf.
Der Zug fuhr ab und somit
konnte die Reise beginnen.

Nach der fast dreistündigen Zugfahrt
sind Alisha und Alice an der
westfriesischen Insel in den
Niederlanden angekommen.

Die Schwestern trennten so nur noch wenige Kilometer von Albertas behaglichem Zuhause.

So gingen sie die letzten Kilometer zu Fuß. Der Weg war ihnen bereits bekannt, denn in der Vergangenheit hatten sie die Großtante in ihrer schönen Villa schon öfters besucht.

Viele schöne Landstriche mit bunten Blumen kreuzten ihren Weg.

"Da, sieh mal Alice ich kann die Villa schon sehen."

"Du hast recht, ich sehe sie auch, aber warte mal Schwesterherz, lass uns eine kleine Pause einlegen, meine Füße schmerzen doch so", drängte Alice.

"Ja schon gut, dann machen wir eben eine kleine Pause."

Auf einer kleinen Parkbank am
Feldrand legten die beiden ihre kleine
Rast ein.
Doch beide waren von dem langen
Fußmarsch so erschöpft, dass sie beide
einschliefen.

Plötzlich schreckte Alice auf und
schrie: "Hilfe, was war das denn?
Alisha wach auf, schnell sofort!"
"Was ist denn?" fragte Alisha
schläfrig.
"Hast du das nicht gehört?
Da hat jemand nach Hilfe geschrien.
Und hier sieh mal, ein Tuch mit einem
roten Fleck."
Alice hob das Tuch vom Boden auf
und betrachtete es etwas genauer.

Auf dem Tuch war ein roter Fleck,
genau wie auf dem Briefpapier.
Das kann doch kein Zufall sein!
Die beiden Schwestern wurden
kreidebleich, ein kalter Schauer lief
ihnen über den Rücken.
Alisha und Alice sind ganz in der
Nähe von einem Täter, seinem Opfer
und dem Tatort.
Aber was führt der vermeintliche
Täter im Schilde und was hat es mit
den Hilferufen auf sich?!
Von wem stammen sie?
Und was hat das Tuch zu bedeuten
und wie kam es hierher?
Und wieder dieser rote Fleck, wie auf
dem Briefpapier!
Was hat das alles zu bedeuten?

Sind die Bewohner der kleinen Insel in ernster Lebensgefahr?

Diese ganzen Fragen schwirrten nun in den Köpfen der beiden Schwestern herum.

Dieses Geheimnis muss nun so schnell wie möglich gelüftet werden, um schlimmeres zu verhindern!

KAPITEL 3

„EIN NEUER HINWEIS!"

Absolute Stille und ein fesselnder Blick auf das vermeintliche Tuch mit dem roten Fleck erschütterte die beiden Mädchen.

Nach langer Zeit der Stille wagten Alisha und ihre jüngere Schwester Alice den weiteren Weg zum Haus ihrer Großtante Alberta.
Der Weg war nun nicht mehr von einer schönen Blumenwiese besiedelt, es wurde hingegen immer steiniger.
So hatten die beiden Schwestern einen erschwerten Weg vor sich.

Die zum Teil großen Steine mit ihren
spitzen Kanten bohrten sich durch die
Schuhe der beiden Schwestern.
Das erschwerte das laufen und
vorankommen umso mehr.
Bei jedem Schritt den sie gegangen
sind, schmerzten die Füße immer mehr.
Die Fußsohlen brannten wie Feuer und
fühlten sich an wie dicke,
angeschwollene Klumpen.

Der Weg zum Haus der Großtante
erweist sich zu einem regelrechten
Kampf. Ein Kampf voller Schmerzen.
Das Ganze ist für einen guten Zweck,
um herauszufinden, was der
geheimnisvolle rote Fleck auf dem
Briefpapier der Großtante zu bedeuten
hat. Alberta könnte sich in ernster

Lebensgefahr befinden!

Mit einem mulmigen Gefühl und jeder Menge Sorgen um die liebe Verwandte setzten Alisha und Alice ihren Weg fort. Still und schweigend meistern die beiden Meter für Meter den steinigen Boden.

Dann, nach einer gefühlten halben Stunde Fußmarsch erreichten sie endlich das kleine Gartentor am Hintereingang der Villa.

Aber was war das?!

Das Tor stand offen! Großtante Alberta ist stets sehr gewissenhaft und sie würde so etwas doch nicht einfach so frei und offen stehen lassen.

Das waren sie von ihr nun wirklich nicht gewohnt.

KAPITEL 4

„WO STECKT ALBERTA?"

"Na los, wir gehen da jetzt rein! Schließlich wollen wir doch jetzt endlich das Geheimnis dieser ganzen rätselhaften und mysteriösen Situation lüften", drängte Alisha.

Zögernd und mit schlotternden Knien folgte Alice ihrer älteren Schwester, die ihrer jüngeren Schwester schon einige Schritte vorausgegangen war. Die beiden gingen nun durch den kleinen Garten, zum Hintereingang der Villa. Schritt für Schritt wuchs die Ungewissheit und zugleich die Angst, dass etwas schreckliches mit der lieben Verwandten passiert sei. Dann standen sie nun am Hintereingang der Villa. Alisha wagte als erste einen kurzen Blick durch die Hintertür. Alles stand an seinem Platz und es war nichts auffälliges zu bemerken. Alisha machte ihre jüngeren Schwester, durch eine winkende Handbewegung darauf aufmerksam, nun zum Haupteingang der Villa zu gehen, welcher sich auf der anderen Seite des Grundstückes befindet. Die beiden mussten nun einmal in einem Halbkreis entlang der Villa laufen. Sie machten sich sofort auf den Weg, die Zeit drängte und noch immer war unklar, wo Alberta steckt und ob es ihr gut geht.

Während die beiden Schwestern sich dem Haupteingang der Villa nähern, rufen sie dabei den Namen ihrer Großtante.

"Alberta, Alberta wir sind es, Alisha und Alice sind hier. Alberta?!"

Immer und immer wieder rufen die beiden verzweifelt nach ihrer Großtante. Leider ohne Erfolg.

Es kam keine Antwort und somit auch kein Lebenszeichen von ihr.

Anscheinend muss sie sich in ernster Lebensgefahr befinden. Schließlich erreichen sie den Haupteingang der Villa. Sie stiegen die kleinen Treppen zur Eingangstür hinauf.

Nun standen die beiden da und hielten einen Moment inne. Alles war ganz ruhig. Man hörte die Vögel zwitschern und den seichten Wind durch das Laubwerk der Bäume wehen.
Aber von ihrer Großtante war nichts zu hören. Alice betätigte mit verängstigter Miene die Türklingel, die Melodie war zu hören, aber es machte niemand auf.
"Komisch", begann Alisha das Schweigen der beiden Schwestern zu brechen. "Wo kann sie nur bloß stecken?" Alice zuckte mit den Schultern. Dann lehnte sie sich mit dem Rücken gegen die Haustür, dabei gähnte sie herzhaft. Die weite Reise hierher machte sie sehr schwach und

schläfrig.

Plötzlich schreckte Alice hoch und Alishas volle Aufmerksamkeit richtete sich auf ihre jüngere Schwester.

"Sieh nur, die Haustür ist plötzlich offen! Die Tür war vermutlich nur an das Türschloss angelehnt gewesen", ergänzte Alisha.

"Ist ja auch egal, die Hauptsache ist, dass wir nun in das Haus unserer Großtante hinein gehen können", entgegnete Alice und lächelte.

Die beiden Schwestern standen nun vor der geöffneten Haustür. Ein merkwürdiger Geruch kam ihnen dabei entgegen. Was es genau war, wussten die beiden noch nicht, aber es roch sehr streng und so als wenn hier tagelang keine frische Luft mehr durch die Fenster wehen konnte.

Beide Schwestern betraten vorsichtig das Wohnzimmer, dabei verhielten sie sich äußerst ruhig.

Zu groß war die Angst, von einem unbekannten ertappt zu werden, der sich unerlaubt in der Villa der Großtante aufhalten könnte.

Den beiden jungen Mädchen war inzwischen klar, dass hier etwas schlimmes passiert sein musste. Doch was genau passierte, das müssen sie nun so schnell wie möglich herausfinden. Dazu werden die beiden Zimmer für Zimmer der Villa nach Spuren und Hinweisen absuchen.

Im Wohnzimmer, Schlafzimmer, und auch im Bad gab es keinerlei Lebenszeichen der lieben Verwandten. Da blieb nur noch die Küche der Villa übrig, in der es einen wichtigen Hinweis geben könnte.
Vielleicht sogar ein Lebenszeichen! Die Tür zur Küche war einen kleinen Spalt geöffnet. Allerdings war der Türspalt so klein, dass es unmöglich war, einen kleinen Einblick in die Küche zu gewinnen.
Sie mussten also dort hinein gehen. Vielleicht würden sie doch auf einen wichtigen Hinweis stoßen, der in das Dunkel der Ungewissheit neue Lichtblicke der Hoffnung schafft?! Neue Hoffnung, dass die Großtante

noch lebt und sich in keiner ernsten
Gefahr befindet.

Alisha griff mit finsterer Miene nach
dem Türgriff.
Aber was war das?!
Den beiden Schwestern durchfuhr
plötzlich ein sehr merkwürdiges Gefühl
der Schwäche, ihre Beine und Arme
sind auf einmal ganz weich geworden.
Die beiden Mädchen fallen in
Ohnmacht, nachdem sie das Innere der
Küche schlussendlich gesehen haben.
Aber was löste eine solche plötzlich
auftretende Ohnmacht bei den beiden
Schwestern aus?!

KAPITEL 5

„DAS MARKENZEICHEN DES TÄTERS"

Alles war ganz ruhig.
Alice war die erste, die aus ihrer Bewusstlosigkeit erwachte.
Ihre Arme und Beine schmerzten sehr.
Der kalte, nasse Schweiß benetzte ihre Stirn. Dabei liefen ihr einzelne Schweißtropfen über ihr Gesicht.
Sie spürte erneut wie ihr ein kalter Schauer über den Rücken lief, als sie erneut in die Küche der Großtante blickte. Dann sah sie zu ihrer Schwester, die immer noch bewusstlos auf dem Boden lag. "Alisha, wach auf!

Hallo Alisha, kannst Du mich hören?"
Aber so sehr Alice auch nach ihrer
älteren Schwester rief, ihr an den
Ärmeln zog und mit der Hand auf ihre
Wangen klopfte, so wachte sie einfach
nicht auf!
Dann streckte Alice ihren Zeigefinger
und Mittelfinger auf den Hals von
Alisha, um zu fühlen ob ihre
Schwester noch lebte. Mit großer
Erleichterung stellte sie fest, dass ihre
Schwester lebt. Ja sie atmete sogar!
Entschlossen stand Alice auf und
wollte ihre Schwester mit einem
wassergefüllten Eimer wach bekommen.
Sie taumelte auf ihren wackeligen
Beinen umher und hielt dabei
Ausschau nach einem kleinen Eimer.

Sie setzte ihre Suche im Bad fort und wurde fündig. Ein kleiner Eimer gefüllt mit kaltem Wasser sollte ausreichen, um ihre Schwester aus der Bewusstlosigkeit zu befreien.
Mit zittrigen Händen nahm sie den Eimer und stellte ihn unter den Wasserhahn des Waschbecken.
Der Eimer füllte sich. Als Alice gerade dabei war, den wassergefüllten Eimer aus dem Waschbecken zu heben, spürte sie wie ihr erneut ein kalter Schauer über den Rücken lief. Im wahrsten Sinne des Wortes!
Plötzlich wurde es um Alice herum dunkel. Sie konnte weder etwas sehen noch wissen, was nun mit ihr passieren würde.

Was wird nun mit Alisha?
Und wird sie auch ohne meine Hilfe
aufwachen?
Alle diese Fragen schossen Alice durch
den Kopf. Sie machte sich große
Sorgen, wie es nun mit ihr weiter
gehen würde. Alice hatte Angst zu
sterben. Sie wollte einfach nur noch
weg von hier. Weg von dieser Villa
und weg von diesem Ort. Warum
musste immer alles so kompliziert
sein? Hätte es der lieben Alberta nicht
einfach gut gehen können?
Dann müssten sie nun hier nicht Angst
haben und um ihr Leben bangen. Aber
es nützte nichts, sie konnten Alberta
nicht ihrem Schicksal überlassen, wenn
sie noch nicht mal wissen, wie es um

sie steht, wie es ihr geht und ob sie
überhaupt noch am Leben ist!
Dann spürte sie, wie ihr das Atmen
schwerer fiel. Mittlerweile konnte sie
erfühlen, dass sie in einem großen
Sack, welcher am oberen Ende fest
zugeschnürt wurde, gefangen war.
Alice war so kraftlos und körperlich
geschwächt, sodass sich sie sprachlich
nicht bemerkbar machen konnte. Sie
war also nicht in der Lage nach Hilfe
zu rufen. Schließlich fiel Alice erneut
der Bewusstlosigkeit zum Opfer. In der
Zwischenzeit erwachte Alisha aus ihrer
Bewusstlosigkeit. Ihr brummte der Kopf
so sehr, als wäre darin ein Schwarm
voller Hummeln.

Zeitgleich bemerkte Alisha, dass sie sich an ihrem rechten Arm verletzt hatte.

Das Blut tropfte immer noch aus der offenen Wunde. Sie musste so schnell wie möglich die Blutung stoppen und die Wunde desinfizieren. Alisha richtete sich auf und betrachtete die Küche ihrer Großtante. Sie wurde erneut kreidebleich als sie einen an den Fliesen aufgemalten Schlüssel erkannte. Aber was sie an dieser ganzen "Malerei" so sehr schockierte war nicht der aufgemalte Schlüssel an sich, sondern mit was dies aufgemalt wurde. Es war Blut! Aber von wem stammt es? Ist es etwa von Alberta?

Und was hat dieser Schlüssel zu bedeuten? All' diese Fragen schwirrten im Kopf des Mädchens umher.

Nach ihrer schrecklichen Entdeckung wollte Alisha ihrer Schwester davon berichten. Aber wo steckte Alice bloß? Sie musste ihre Schwester so schnell wie möglich wiederfinden. Sie könnte sich in ernster Lebensgefahr befinden! "Was hat das hier alles zu bedeuten?", murmelte Alisha leise vor sich hin und machte sich entschlossen auf den Weg, ihre Schwester und Großtante so schnell wie möglich wiederzufinden.

KAPITEL 6

„SPUREN DES VERSCHWINDENS"

Sie musste nun einen "kühlen" Kopf bewahren. Die Wunde an ihrem Arm musste rechtzeitig mit Verbandsmaterial versorgt werden. Alisha richtete sich vom Fußboden auf und ging in Richtung Badezimmer. Hier wird sie bestimmt das notwendige Verbandsmaterial finden. Im Bad hing ein weißer Schrank auf dem ein grünes Kreuz abgebildet war. Nun konnte sie ihre Wunde verbinden. Alisha wickelte den Verband um die offene Wunde am Arm. Schließlich knotete sie den Verband fest zu.

Die Blutung hatte bereits schon vorher aufgehört und der Heilung dieser Verletzung stand nun nichts mehr im Wege.

Das Verbandsmaterial sowie die Verbandsschere verstaute Alisha wieder in dem weißen Medizinschrank. Sie wollte gerade das Badezimmer wieder verlassen, da fiel ihr Blick auf die Badewanne. Mit verzogener Miene blickte sie in das innere der Wanne und entdeckte darin einen Hinweis auf das plötzliche Verschwinden ihrer jüngeren Schwester Alice. In der Badewanne befand sich ein kleiner Eimer, der seitlich in der Wanne lag. Der Eimer war mit etwas Wasser benetzt. Genauso auch der innere Teil der Badewanne.

Alisha war sich nicht sicher, was ihre Schwester mit dem Eimer vorhatte. Selbst wenn sie dies nun wüsste, es würde ihr auf der Suche nach Alice nicht wirklich weiterhelfen.

Alisha war sich schließlich sicher, ihre Schwester Alice muss sich hier im Bad der Villa kurz vor ihrem Verschwinden aufgehalten haben. Aber wo steckt sie nun? Ist ihr dasselbe passiert, wie der Großtante?

Und vor allem wer steckt hinter diesen Gewalttaten? Wer ist dafür verantwortlich? Und warum gerade Alice und Alberta?

Aber da war nicht nur der Eimer, der

in der Badewanne so sehr für Aufsehen sorgte. Auf der rechten Seite des Badewannenrand lag ein Stück Schnur. Es war eine dicke Schnur, mit der auch Pakete zugeschnürt werden können. Aber warum liegt hier nun ein Stück von dieser vermeintlichen Schnur herum?

Wurde ihre Schwester damit gefesselt? Oder wurde sie etwa in einem großen Tuch verschleppt und die Schnur diente dazu, dieses Tuch fest zu verschnüren? Das sind alles Fragen, die für Alisha zunächst noch unbeantwortet bleiben.

Sie muss sich aber beeilen und herausfinden, wo Alice steckt und ob das Verschwinden ihrer kleinen

Schwester vielleicht mit dem Verschwinden ihrer Großtante zusammenhängt.

Alisha steckte das Stück Schnur welches sie auf dem Badewannenrand entdeckte in ihre Hosentasche, in der Hoffnung, dadurch später neue Hinweise zu finden.

Dann verließ Alisha das Bad.

Sie fühlte sich sehr bedrückt und unwohl. Um etwas besser über das weitere Vorgehen nachzudenken, beschloss Alisha etwas nach draußen an die frische Luft zu gehen.

Gerade hatte sie die Villa verlassen, als ihr Blick auf den Briefkasten fiel.

Hatte sie da nicht noch etwas sehr wichtiges vergessen?

Die beiden Mädchen sollten doch ihren lieben Eltern Bescheid geben, sobald sie am Zuhause der Großtante angekommen waren.

Das hatte sie vor lauter Aufregung und Sorge um ihre kleine Schwester Alice fast vergessen.

Aber dennoch ist es wichtig, damit sich ihre Eltern nicht unnötige Sorgen um ihre beiden Töchter bereiten müssen.

"Das muss ich sofort erledigen", dachte Alisha und so setzte sie sich fest entschlossen mit einem Blatt Papier und einem Stift an den Tisch im Wohnzimmer und begann den Brief an ihre Eltern zu schreiben.

KAPITEL 7

„EIN HOFFEN UND BANGEN"

Mit einem erleichterten Gefühl im Herzen faltete sie das beschriftete Papier so zusammen, damit dies in den Briefumschlag passte.
Der Brief an die Eltern war nun geschrieben und so mussten diese sich auch keine Sorgen mehr um die beiden Mädchen machen.
In den Brief hatte Alisha davon berichtet, dass es der Großtante gesundheitlich noch nicht so gut gehen würde und die beiden Schwestern nun noch eine Weile dort bleiben würden.
Das in Wirklichkeit aber Alberta und

Alice verschwunden sind, hatte sie in ihrem Brief nicht erwähnt. Sie wollte die Eltern nicht unnötig beunruhigen.

Zum ersten Mal wird sie nun die Villa verlassen müssen, ohne ihre Schwester Alice.
Für Alisha war dies nun mit einem mulmigen Gefühl verbunden.
Immer und immer wieder kreiste in ihrem Kopf die Frage umher, wo sie anfangen sollte nach ihrer kleinen Schwester zu suchen?
Vielleicht gab es sogar eine Person, die zum Augenzeugen des Verschwindens wurde?!
Doch eines stand schon jetzt fest, sie durfte nichts unversucht lassen, um

ihre Schwester wiederzufinden.
Wie sollte sie ihren Eltern nur
erklären, dass Alice verschwunden
war?
"Nein! Soweit durfte und sollte es
auch nicht kommen", dachte Alisha.
Fest entschlossen, ihre Schwester und
Großtante wiederzufinden, zog sie sich
die Jacke an, die sie sich zuvor noch
um die Taille gebunden hatte.
Dann verließ Alisha die Villa. Draußen
wehte ein kalter Wind und oben am
Himmel zogen graue Regenwolken auf.
Im Sauseschritt lief sie in die Stadt,
um den Brief für die Eltern
abzuschicken.
Kaum hatte sie das Postamt verlassen,
kam ihr die Idee einige Passanten

danach zu fragen, ob diese vielleicht Alice oder sogar Alberta gesehen hätten.

Von ihrer Schwester hatte sie sogar noch ein Foto in ihrem Portemonnaie. Und ihre Großtante war schließlich im Dorf bekannt. Da war ein Foto nicht erforderlich.

Doch so sehr sie sich auch bemühte, etwas über das plötzliche Verschwinden der beiden herauszufinden, war diese Aktion nicht mit dem nötigen Erfolg gekrönt.

Das alles hatte sie sich um einiges einfacher vorgestellt. Niemand hatte weder ihre Schwester Alice noch Großtante Alberta zuvor gesehen. Hätte sie doch wenigstens einen

Anhaltspunkt. Wo in aller Welt soll
Alisha nach den beiden suchen?
Sie könnten überall sein.
Und was ist ihnen nur zugestoßen?
Für Alisha stand schließlich eines fest:
Das plötzliche Verschwinden hängt mit
dem gleichen Vorfall der Großtante
zusammen. Auch wenn sie bis jetzt
noch keinen blassen Schimmer hat, wo
Alice und Alberta stecken könnten.
Von dieser Möglichkeit ist Alisha
jedenfalls felsenfest überzeugt.

Sie hatte die Hoffnung bereits
aufgegeben und so wollte Alisha sich
gerade auf den Rückweg zur Villa
machen, als ihr ein junger Mann

entgegen kam und ihr mit: "Hey du"
zurief. Er hatte sie dabei beobachtet,
wie sie die Passanten in der
Innenstadt angesprochen hatte.
Er wollte ihr nun weiterhelfen und
etwas neue Hoffnung schenken.
Neue Hoffnung, dass die beiden
Verwandten doch bald gefunden
werden könnten.
Der junge Mann war relativ schlank
und sportlich angezogen.
Auf Alisha wirkte er sehr sympathisch
und hilfsbereit. Und das war er!
"Ich bin Martin und möchte dir gerne
weiterhelfen."
Alisha stellte sich ebenfalls kurz vor.
Dann erzählte sie ihm, was bisher
alles geschah. Martin hörte ihr dabei

aufmerksam zu und setzte einen hoffnungsvollen Blick auf.

Nachdem Alisha ihm alles wichtige erzählt hatte, begann er ihr vom alten Joe Roober zu erzählen.

Der alte Mann gehört in den Niederlanden zum Urgestein des Landes. Wenn also jemand etwas näheres zu den rätselhaften Verschwinden weiß, dann der alte Joe!

"Ich hoffe, dass ich dir damit ein Stückchen weiter helfen konnte", sagte Martin. "Aber natürlich, du bist ein Schatz und dank dir habe ich neue Hoffnung geschenkt bekommen, meine beiden Lieben wiederzufinden und das Geheimnis zu lüften", entgegnete Alisha.

Zum Dank gab sie ihm ein Küsschen auf seine rechte Wange.
Martin war ganz gerührt und so wurde er etwas rot im Gesicht.
Schließlich verabschiedeten sich die beiden und vereinbarten sich am nächsten Tag erneut hier in der Innenstadt zu treffen, um dann gemeinsam nach Alice und Alberta zu suchen.

KAPITEL 8

„DER GEHEIMNISVOLLE SCHLÜSSEL"

Die Sonne würde bald untergehen und der Tag neigte sich langsam dem Ende entgegen.

Am liebsten wäre Alisha nun zu Bett gegangen, um sich von dem ganzen Tag etwas zu erholen.

Doch so sehr sie sich auch nach etwas Erholung und Schlaf sehnte, so musste Alisha noch heute zum alten Joe gehen und mit ihm sprechen. Bestimmt hatte er ein paar gute Ratschläge für sie parat. Alisha könnte nicht einfach so zur Villa zurückkehren, ohne einen neuen Hinweis.

Ihr Gewissen ließ dies einfach nicht zu. Schließlich geht es hier um ihre Schwester und ihre Großtante.

Alisha machte sich zu Fuß auf den Weg in Richtung Küstennähe. Dort würde der alte Mann auf einer Parkbank sitzen und seinen Pfeifentabak rauchen. Dies hatte sie von Martin erfahren, der den alten Joe ganz gut kannte.

Auch wenn ihre Füße schon sehr schmerzten, nahm sie den weiten Weg auf sich. Wie gerne hätte Alisha jetzt ein Fahrrad dabei gehabt. Dann würde alles schneller gehen. Sie musste sich beeilen, denn es würde bald anfangen zu dämmern. Schließlich musste auch der ganze Weg wieder zurück zur

Villa zurückgelegt werden.
Ihre Füße schmerzten sehr und so
langsam schliefen ihre Beine ein.
Es kribbelte darin, als wäre sie in
einen Haufen voller Stecknadeln
hineingetreten. Dies war sehr
unangenehm. Zudem erschwerte dies
das Vorankommen ungemein.
"Bloß nicht aufgeben, gleich hast du
es geschafft", sagte sie sich in
Gedanken immer wieder vor.
Nach einer guten halben Stunde
Fußmarsch hatte Alisha den
Küstenabschnitt endlich erreicht.
Sie hatte es wirklich geschafft!
Eine seichte Brise und ein salziger
Geruch wehten durch die Luft.
Auf einem kleinen Hügel am Rande der

Küste, ragte der große und auffallende Leuchtturm in den Himmel. Der Anblick war sehr schön. So gerne hätte Alisha davon ein Foto gemacht, aber leider hatte sie ihre Kamera zu Hause gelassen.

Doch für so etwas wäre nun jetzt auch keine Zeit gewesen.

Alisha musste nun nach dem alten Joe Ausschau halten.

Dazu stellte sie sich auf ihre Zehenspitzen und streckte dabei ihren Kopf weit nach oben.

War er um diese Zeit; am späten Abend noch hier anzutreffen?

Dann sah sie ihn! Ja, das musste er sein. Alisha sah einen älteren Mann auf einer der vielen Parkbänke sitzen.

In der Hand hielt er eine Tabakpfeife.
Alisha hatte keine Zweifel, dass könnte
nur Joe Roober sein! Sie merkte wie
ihr ein Stein vom Herzen fiel.
Alisha hatte den Mann gefunden, der
ihr neue Klarheit in das dunkle
Geheimnis geben könnte. Nun wollte
sie so schnell wie möglich zu ihm und
mit ihm reden. Alisha rannte los und
für sie gab es kein Halten mehr.
Schließlich stand sie nun in
unmittelbarer Nähe zur Parkbank, auf
der Joe Roober saß.
Alisha merkte, wie sehr ihr Herz
klopfte. Nicht nur von dem kurzen
Sprint sondern auch vor Aufregung.
Würde ihr der alte Joe auch wirklich
behilflich sein? Und hätte er einen

passenden Rat für ihre
Problemsituation? Wenn nicht dann...
Alisha wollte diesen Gedanken gerade
zu Ende führen, als sie von einer
männlichen Stimme freundlich
angesprochen wurde:
"Guten Abend liebes Fräulein, was
verschafft mir die Ehre, dass ich zu
dieser Stunde noch besucht werde?"
Ein älterer Herr schaute sie mit einem
erwartungsvollen Blick an.
"Magst du mir verraten, wie du
heißt?"
Alisha stand nun da und antwortete
blitzschnell: "Mein Name ist Alisha.
Sind sie der alte Joe Roober?", fügte
sie schnell hinzu. Alisha musste hier
auf Nummer sicher gehen, dass es sich

hier wirklich um die gesuchte Person handelte.

"Genau, das bin ich, man nennt mich auch den alten Joe" antwortete der alte Mann.

Er trug eine dunkle Strickmütze, auf der ein Anker aufgenäht war. Ein langer Bart und lockiges Haar gehörten auch zu seinem persönlichen Erscheinungsbild. Und was nicht fehlen durfte, seine geliebte Tabakpfeife.

Alisha wollte gerade anfangen zu erzählen warum sie nun hier wäre, da bemerkte sie, dass der alte Joe nun gehen wollte. Sie sagte ihm, dass es wirklich dringend sei und sie auf seine Ratschläge nun angewiesen wäre.

Doch das alles stimmte Joe Roober
nicht um, doch noch einen Moment zu
bleiben und dem Mädchen zuzuhören.
Er machte mit seiner Hand eine
abwinkende Bewegung und sagte:
"Mein liebes Kind, das kann doch
bestimmt bis morgen warten."
"Nein! Das kann es nicht", entgegnete
Alisha mit energischem Ton.
"Glauben sie mir, es ist wirklich
wichtig. Meine Schwester und meine
Großtante sind in ernster Gefahr",
fügte sie mit weinerlicher Stimme und
Tränen in den Augen hinzu.
Der alte Joe zog erneut an seiner
Tabakpfeife, schaute Alisha in die
Augen und sagte schließlich:
"Wenn das so ist, dann werde ich dir

selbstverständlich heute noch zuhören und versuchen etwas weiter zu helfen." Das hörte Alisha wirklich gerne. Der alte Joe war also bereit heute noch zu helfen und ihr zuzuhören. So begann Alisha zu erzählen, wie ihre Schwester Alice und sie in diesen schönen Ort gekommen waren. Sie berichtete ihm von dem Brief der Großtante, auf dem sich schon ein verdächtiger roter Fleck befand, von dem offenstehenden Gartentor am Eingang der Villa und zu guter letzt von dem aufgemalten Schlüssel aus Blut in der Küche der Villa.

Der alte Joe steckte erneut seine Tabakpfeife in den Mund und zog nochmal kräftig daran. Dann schloss er seine Augen und begann zu erzählen:

"Vor vielen Jahren, bevor eure Großtante Alberta in diese Villa zog, rankten sich einige Gerüchte und Mythen über dieses Grundstück. Viele Dorfbewohner glaubten das, was ihnen damals erzählt wurde. Mit den Jahren verstarben jedoch die Zeitzeugen, die diese Mythen kannten. Manche dieser Zeitzeugen nahmen ihr Wissen über diese Gerüchte mit ins Grab, andere erzählten diese Legenden ihren Nachfahren. Und so wurde diese Legende über ein Jahrhundert lang am

Leben erhalten. Eure Alberta kenne ich sehr gut und auch sie wird ganz bestimmt von diesen Mythen gehört haben. Auch ich weiß von meinen Vorfahren davon. Aber nicht alle Menschen die davon wissen, sind gute Menschen, die diese Mythen und Legenden historisch betrachten, sondern es gibt auch welche, die daraus ihre kriminellen Machenschaften damit abwickeln wollen.

Denn diese alte Legende besagt, dass sich auf dem Grundstück der Villa ein unterirdischer Schutzbunker befinden soll, indem viel Geld und ein Schatz versteckt seien.

Zu diesem Bunker soll es zwei

Eingänge geben, die wiederum mit zwei verschiedenen Schlüsseln geöffnet werden können. Hinter einem dieser Eingänge soll das viele Geld und der Schatz versteckt sein. Was sich hinter der anderen Tür befindet, das kann ich dir leider auch nicht sagen. Das weiß bis heute niemand. Noch nie hat jemand sich getraut, den Eingang mit dem passenden Schlüssel zu öffnen und aus der Nähe zu erkunden. Und diese beiden Schlüssel sollen sich der Legende nach in der Villa befinden, in der heute Alberta wohnt.
Einer der beiden Schlüssel ist in Besitz der Kriminellen gekommen. Der andere Schlüssel kann sich noch in der Villa befinden oder die Täter konnten beide

Schlüssel erbeuten.

Es nützt alles nichts! Ihr müsst in die ganze Geschichte Licht ins Dunkel bringen und herausfinden, ob sich der zweite Schlüssel noch in der Villa befindet.

Dieser Schlüssel soll der Legende nach mit ein paar Blutflecken bedeckt sein. Der oder die Täter haben vermutlich von dieser Legende gehört und wollten somit das dicke Geschäft machen. Zum Nachteil eurer Großtante Alberta und deiner Schwester Alice.

Die Täter haben bestimmt nach dem Schutzbunker gesucht, diesen gefunden, aber ihnen fehlte der passende Schlüssel dazu. So überfielen sie dann Alberta und verlangten den

dazugehörigen Schlüssel.
Diese weigerte sich und so wurde sie
in die Gewalt der Täter gebracht und
als Geisel mitgenommen.
Vielleicht wird Alberta noch immer in
diesem Schutzbunker gefangen
gehalten!
Alisha, ihr dürft keine Zeit verlieren!
Ihr müsst Euch beeilen und die beiden
so schnell wie möglich daraus holen.
Am besten lebend und nicht tot!"

Alisha saß nun immer noch ganz angespannt auf der Parkbank neben dem alten Joe.
Sie hatte ihm die ganze Zeit aufmerksam zugehört.
Alisha schaute dem alten Mann in die Augen und nickte.
Dann bedankte Alisha sich beim alten Joe für die Zeit, die er sich nun doch noch für sie genommen hatte.

In der Zwischenzeit ist es schon dunkel geworden und so langsam musste sie den Rückweg zur Villa antreten. Und Alisha wusste auch ganz genau, was sie tun würde, wenn sie an der Villa angekommen ist. Schlafen gehen und neue Kraft für den nächsten Tag tanken, um dann zusammen mit Martin, den Schutzbunker der Villa unter die Lupe zu nehmen.

Das war ihr aktueller Plan!

KAPITEL 9

„ALICE UND ALBERTA IN TÖDLICHER GEFAHR!"

Ihr Kopf schmerzte sehr und Alice verspürte ein mulmiges Gefühl in ihrer Magengegend. Ja, ihr war schon recht übel zumute. Wie lange hatte sie schon nichts mehr gegessen? So sehr sie auch darüber nachdachte, es wollte ihr einfach nicht einfallen.
Alice wusste auch nicht, den aktuellen Wochentag!
Während ihrer Bewusstlosigkeit hatte sie das zeitliche Denkvermögen verloren. Aber nicht nur das! Ihre Beine kribbelten so sehr, dass Alice

darin keinerlei Gefühl mehr hatte.
Sie konnte dabei noch nicht einmal ihr
linkes oder rechtes Bein spüren...
Was war mit Alice bloß geschehen?
Ihre Augen hatte sie noch immer fest
geschlossen. Alice wusste nicht was
sie erwarten würde, wenn sie ihre
Augen nun öffnet.
Aber Alice musste es tun! Vielleicht
könnte sie einen Weg nach draußen
finden und die Suche nach Alberta und
ihrer Schwester aufnehmen.
Sie hob langsam beide Augenlider und
öffnete ihre Augen. Ein leises
plätschern erhallte den dunklen Raum.
Zudem lag ein beißender Geruch in der
Luft. Es roch leicht nach Schwefel.
Ein dunkler und ebenso muffiger

unterirdischer Raum ist zu einem Ort ihrer Gefangenschaft geworden.

Auf einem alten Holzstuhl wurde die kleine Alice gefesselt und somit gefangen gehalten.

Ihre beiden Arme wurden mit einer Schnur am Stuhl festgebunden.

"Das alles ist schon sehr merkwürdig", dachte Alice. Sie wollte so schnell wie möglich herausfinden, wer hinter der ganzen Entführung steckt. Warum wurde ausgerechnet sie und vermutlich auch ihre Großtante Alberta entführt? Was ist das Motiv der Täter? Und was ist mit ihrer Schwester Alisha passiert? Wurde sie ebenfalls entführt? All' diese Fragen schossen ihr wie wild durch den Kopf. Sie musste schnell

etwas tun! Alice konnte nicht so
tatenlos hier sitzen bleiben und warten
bis ihre Schwester auch noch in
dieselbe Falle tappen würde. Aber
vielleicht hat Alisha schon einen Plan,
wie sie ihre kleine Schwester und
Großtante aus dieser Gefangenschaft
befreien könnte? Sie hoffte es
inständig.

Trotzdem konnte Alice hier nicht
weiter gefesselt bleiben. Sie entschloss
sich, selbstständig aus den Fesseln zu
befreien.

Der alte Holzstuhl, an dem man Alice
angebunden hatte, war an der
Rückenlehne extrem scharfkantig.
Damit wollte sie die Schnur
durchtrennen. Mit ihren beiden Armen

scheuerte Alice gegen die scharfen Holzkanten der Stuhllehne.

Und das mit Erfolg!

Alice konnte sich aus den Fesseln zügig befreien.

Nun stand sie vor der verschlossenen Tür, die ihr noch den Weg in die Freiheit versperrte.

Ihre Beine schmerzten weiterhin sehr stark, somit war es für sie schwierig sich auf den Beinen zu halten.

Sie taumelte durch den Raum. Alice spürte wie aufgeregt und angespannt diese Situation war. Nasser, kalter Schweiß benetzte ihre Stirn. Einige Tropfen liefen ihr in das kalte Gesicht.

Sie wusste nicht, was sie hinter der Tür erwarten würde. Sind die Täter

noch vor Ort? Oder sind diese
mittlerweile gegangen? Und wo in
aller Welt steckte sie bloß? Das sind
alles Fragen, die für Alice zum
jetzigen Zeitpunkt noch unbeantwortet
blieben.
Während diese Gedanken in ihrem Kopf
umherschwirrten, näherte sie sich der
Tür. Sie fasste mit ihrem linken Arm
nach dem Türgriff. Alice war gerade
im Stande die Tür zu öffnen, als ihre
Aufmerksamkeit voll und ganz auf
zwei Männerstimmen gerichtet wurde.
Die beiden Männer sprachen akustisch
sehr laut und ein energischer Ton war
deutlich zu hören.
Die Täter waren also noch immer vor
Ort. Aber was wollten sie hier an

diesem Ort und warum wurde Alice hier gefangen gehalten? Sie streckte gerade ihre Hand zur Türklinke, um die Tür zu öffnen. Als Alice aber die Stimme ihrer Großtante hörte, legte sie ihr rechtes Ohr an die Tür um deutlich hören zu können, was die Täter von Alberta verlangten.

Einer der Männer hörte sich sehr aggressiv an.

"Willst du uns nun endlich verraten, wo du den anderen Schlüssel für die geheime Schatzkammer versteckt hältst? Sprich jetzt endlich, sonst pusten wir dir das Licht aus. Ist das bei dir angekommen?", sprach der eine Täter. Der andere Mann lachte nur laut und meinte: "Sie will es uns nicht sagen, vielleicht möchte die alte Dame dieses Geheimnis mit in ihr Grab nehmen? Diesen Gefallen können wir ihr gerne erfüllen, dann fragen wir eben die andere kleine nach dem Schlüssel."

Die Großtante blieb trotz der gefährlichen Situation ruhig und sachlich. Alberta erklärte den Männern erneut, dass sie vom vermeintlichen Schlüssel noch nie gehört hatte und sie sogar von diesen unterirdischen Gängen nichts wusste. "Das ist die Wahrheit, das müssen sie mir glauben. Bitte tun sie mir und meiner Großnichte nichts schlimmes an", flehte Alberta die Männer an.

"Wenn du tust, was wir dir sagen,

passiert euch auch nichts.

Zum allerletzten Mal, sag uns wo der Schlüssel ist, oder du bist einen Kopf kürzer!", drohte der eine Mann. Der andere machte seine Pistole zum Abschuss bereit. Das laden der Schusswaffe war für Alice mehr als deutlich zu hören gewesen. Sie hatte alles mitbekommen, was die Täter und Alberta gesagt hatten.

Alice musste jetzt schnell handeln.

Alice durfte nicht zulassen, dass sie Alberta umbringen würden, wo sie doch unschuldig ist.

Sie fasste ihren ganzen Mut zusammen. Jetzt musste nur noch die Tür nach draußen in den Flur geöffnet sein. Sie hoffte inständig, dass die

Täter vergessen hatten, die Tür abzuschließen. Ansonsten wäre Alice hier gefangen und Alberta tot. Erneut streckte sie ihre Hand nach der Türklinke aus. Ihre Hand zitterte sehr. Sie spürte, wie ihr der kalte Schweiß auf der Stirn stand. Alice drückte die Klinke vorsichtig nach unten, um von den Tätern nicht gehört zu werden. Und sie hatte Glück, die Tür war nicht abgeschlossen. Jetzt gab es für Alice kein halten mehr. Sie rannte los und folgte den Stimmen und Geräuschen der Täter. Alice konnte zwei Männer sehen. Der eine hielt die Schusswaffe in der Hand und zielte dabei auf Albertas Kopf. Der andere umfasste ein scharfes Klappmesser.

Beide Männer trugen schwarze Sturmmasken, dadurch waren ihre Gesichter auffällig verdeckt worden. Alberta wurde genauso wie Alice an einen Holzstuhl gefesselt. Im Gesicht war sie kreidebleich. Vor lauter Angst vor den gewalttätigen Männern zitterte Alberta am ganzen Körper.

"Halt Stopp!", schrie Alice mit energischer Stimme. "Ihr dürft meiner Großtante nichts tun!"
Die beiden Täter drehten sich um und hielten ihre Schusswaffe auf die kleine Alice. "Was willst du hier?
Hau ab und verschwinde.
Wir müssen mit der alten Dame hier etwas wichtiges verhandeln", drängte

der Mann mit dem Klappmesser.
"Ja los, zisch ab! Oder sollen wir dir
ein drittes Nasenloch verpassen?",
fragte der andere Täter mit der
Schusswaffe. Er zielte mit seiner
Pistole nun direkt auf Alice und lachte
lautstark.

"Alice, ich bin ja so froh dass du nun
hier bist. Geht es dir gut? Tu bitte,
was die beiden Männer von dir
verlangen", sagte Alberta.
Sie nickte mit dem Kopf und lächelte
Alberta zu.
Die beiden Täter waren verwirrt und
sehr zornig. "Meint ihr, wir lassen uns
von euch an der Nase herumführen?!
Da seid ihr bei uns an der richtigen

Adresse. Entweder ihr sagt uns endlich, wo der andere Schlüssel zu finden ist, oder das Blei durchlöchert die alte Dame hier auf der Stelle!" "Alberta, von was für einen Schlüssel reden die beiden Männer? Weißt du wo der Schlüssel zu finden ist?", fragte Alice. "Ihr müsst mir glauben. Von diesem Schlüssel habe ich noch nie etwas gehört, ich schwöre es euch." Doch dann drehte einer der beiden Männer durch. Er fuchtelte mit seinem Klappmesser durch die Gegend. Dann bedrohte er die kleine Alice. Er forderte von ihr, sich mit dem Gesicht zur Wand zu stellen. Dabei sollte sie ihr Oberteil ausziehen, so dass ihr

nackter Rücken zu sehen war.
Alice wurde ganz mulmig zumute.
Was hatten die beiden Männer nur mit
ihr vor? Wollten sie nun ein Blutbad
eröffnen und Alberta sowie Alice
kaltblütig umbringen? Sie musste nun
auf alles gefasst sein. Alice spürte wie
ihr Herzschlag immer schneller wurde.
Sie schloss ihre Augen. Dabei musste
sie an ihre Schwester Alisha und ihre
Eltern denken. Alice hatte das Gefühl,
diese geliebten Menschen ein letztes
Mal in ihren Gedanken „gesehen" zu
haben.
Dann hörte Alice, wie einer der Täter
die Schusswaffe zum Abschuss bereit
machte. Es war doch so weit! Sie und
vermutlich auch Alberta müssen

sterben! Das war ihr Ende. Rasch dachte sie ein letztes Mal über all' die schönen Dinge nach, die sie erlebt hatte. Erlebnisse mit ihren Eltern und ihrer älteren Schwester Alisha. Tränen voller Angst und Sorge liefen über ihre geröteten Wangen.

Alice verspürte einen ziehend-stechenden Schmerz an ihrem Rücken. Es folgten weitere solcher Schmerzen. Etwas seltsames lief ihr den Rücken hinunter. Es war ein merkwürdiges Gefühl.

Danach kamen die Täter näher. Sie verlangten von ihr, dass sie sich ihr Oberteil wieder anziehen sollte.

Als nächstes drehte Alice sich langsam um und blickte den beiden Männern in

die Augen. Ihre Blicke waren voller
Zorn und Hass. Die Täter waren zu
allen grausamen und gewaltsamen
Taten bereit. Sie schreckten vor nichts
und niemanden zurück.
Einer der beiden Täter hielt noch
immer die Schusswaffe in der Hand.
Der andere Mann hielt sein scharfes
Klappmesser fest. Alice ihr Blick fiel
direkt auf das Messer. An der scharfen
Klinge war frisches Blut sichtbar.
Es war ihr eigenes Blut.

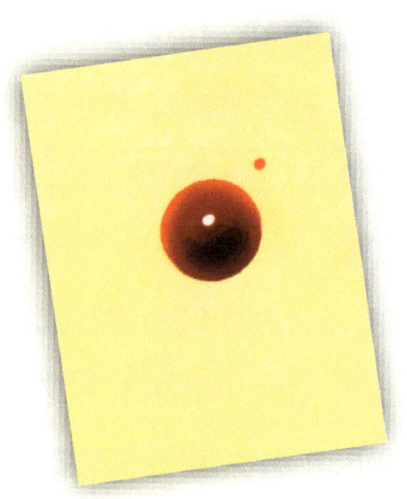

Hatten die Täter sie etwa am Rücken
geritzt? Alice spürte, wie blutleer sie
sich gerade fühlte. Alice stand nun da
und blickte die blutverschmierte
Messerklinge an. Als nächstes nahmen
die Täter ein großes Stück Schnur und
fesselten erneut die Hände der kleinen
Alice.
Aber nicht nur das! Sie nahmen ein
großes, schwarzes Stück Stoff und

stülpten es über ihren Kopf.

Sie schrie panisch auf und begann zu schluchzen.

Alberta war noch immer an dem alten Holzstuhl gefesselt. Ihre Augen waren fest geschlossen. Sie wartete ab, was die Täter als nächstes im Schilde führen würden.

"Pass gut auf dich auf, Alice, halte durch und mache bitte das, was die Täter von dir verlangen", sagte Alberta mit zittriger Stimme.

Alice antwortete mit einem leisen "alles klar."

"Schluss jetzt mit diesem rum Gejammer, bringen wir es so schnell wie möglich hinter uns", drängte der eine Täter.

Die Schusswaffe wurde durchgeladen.
Es würde nun nicht mehr lange
dauern. Gleich wird es vorbei sein.

Ein lautes Gelächter der beiden
Männer erhallte den ganzen Raum.
Plötzlich wurden zwei Schüsse aus der
Schusswaffe abgefeuert.
Die beiden lauten Schüsse verhallten
durch den leeren Raum und alles
wurde ganz still.

KAPITEL 10

„EIN LAUTER KNALL"

Ein neuer Tag hatte bereits begonnen
und der atemberaubend, schöne
Sonnenaufgang war durch das
Schlafzimmerfenster zu sehen.
Alisha spürte, wie sie am ganzen
Körper zu zittern begann.
Ein eiskalter Schauer lief ihr den
Rücken hinunter. Etwas schlimmes
muss in unmittelbarer Nähe der Villa
passiert sein!
Alisha lag noch im Bett ihrer
Großtante, als sie von dem lauten
Knall aus ihrem Schlaf gerissen wurde.
Auch wenn Alisha am liebsten noch
etwas im warmen Bett liegen

geblieben wäre, so könnte sie nicht einfach weiter schlafen, als wenn nichts passiert sei.

Nein, das geht nicht! Sie musste der Sache auf den Grund gehen.

Alleine ihr Gewissen trieb Alisha innerlich dazu an.

Aber wer oder was löste diesen lauten Knall aus? Könnten dies die Täter und Entführer von Alberta und vermutlich auch von Alice gewesen sein?

Sie musste es so schnell wie möglich herausfinden. Reine Vermutungen halfen ihr da letztlich nicht weiter!

Alisha warf ihre Bettdecke zur Seite, sprang mit einem Satz aus dem Bett und zog sich die Alltagsklamotten

an, die auf dem Fußboden verteilt
herum lagen.

Schließlich machte sie sich auf den
Weg nach draußen.

Gegen 10:00 Uhr hatte sich Alisha
mit Martin verabredet, um mit ihm
gemeinsam nach dem mysteriösen
Schutzbunker zu suchen, der sich laut
einer Legende auf dem Grundstück der
Villa befinden sollte.

Die wärmenden Sonnenstrahlen trafen
auf Alishas Gesicht. Dadurch wurde sie
so richtig munter.

Sie blickte auf ihre Armbanduhr, es
war gerade erst 09:15 Uhr! Ihr blieb
also noch gut eine Dreiviertelstunde
Zeit, ehe sie sich mit Martin an der
Küste treffen würde.

Aber Alisha wollte keine Zeit verlieren!
Schließlich könnte der laute Knall
etwas ernstes mit dem Verschwinden
von Alberta und Alice zu tun haben.
Sie musste mit dem schlimmsten
rechnen. Vielleicht könnte Alisha den
angeblichen Schutzbunker schon selbst
ausfindig machen?
Sie wollte es wenigstens versuchen.
"Bloß nichts unversucht lassen",
dachte Alisha.

Das Grundstück der Villa erstreckte
sich über einen großen Garten, einer
kleinen Teichanlage sowie einem
schönen Swimming-Pool. Von einem
vermeintlichen Schutzbunker oder

dem geheimnisvollen Schlüssel hatte Alberta nie etwas verlauten lassen. Vermutlich wusste Alberta auch nichts genaues darüber.

Plötzlich hörte Alisha zwei Stimmen. Sie konnte nicht genau heraushören, ob es sich hier um Frauenstimmen oder um Männerstimmen handelte.

Auf dem Grundstück war niemand anderes außer Alisha. In der Villa war auch niemand mehr, da sie am Vorabend bevor sie zu Bett ging, in jeden einzelnen Zimmer nachgesehen hatte. Die Stimmen müssten also aus dem gesuchten Schutzbunker kommen. Dann war alles wieder ganz ruhig. Die Stimmen waren nun nicht mehr zu hören. Vielleicht bildete sie sich das

ganze auch einfach wieder nur ein.
Alisha ging nun weiter durch den
großen Garten. Dabei richtete sie ihre
ganze Aufmerksamkeit nach einem
möglichen Bunker-Eingang.
So sehr Alisha auch danach Ausschau
hielt; einen passenden Eingang
entdeckte sie dabei nicht. Zu groß war
das Grundstück der Villa. Alisha wollte
gerade die Suche aufgeben, als
plötzlich erneut die Stimmen deutlich
zu hören waren. Aber diesmal war
alles ganz anders! Alisha konnte nun
genau hören, dass es sich um zwei
Männerstimmen handelte. Über was
sich die beiden Männer unterhielten,
konnte sie akustisch leider nicht
verstehen.

Die beiden Männer mussten die gesuchten Täter sein! Da gab es keinerlei Zweifel. Alisha rannte los. Dabei orientierte sie sich an den hörbaren Stimmen. Alisha verspürte ein Gefühl der Erleichterung. Ein neuer Lichtblick. Die Stimmen waren nun immer deutlicher zu hören. Alisha war schon ganz außer Puste. Ihr Hals brannte wie Feuer. So gerne hätte sie jetzt etwas getrunken, aber dafür war nun wirklich der falsche Zeitpunkt. So nah war sie nun an ihrem Ziel angekommen. Alisha hatte es endlich geschafft! Sie stand nun vor dem schönen Springbrunnen, der den großen Garten der Villa zierte. Aber was war das?

Ihr Blick viel direkt auf einen Spaten der auf dem grasigen Boden lag.

Neben dem Spaten bemerkte sie eine ausgehobene Stelle und einen Haufen frischen Mutterboden. Die Täter mussten also von diesem Schutzbunker gewusst und über dessen Standort sehr gute Informationen erhalten haben.

Aber nicht nur das! Sie hatten auch einen der passenden Schlüssel für die eiserne Bunkertür.

Die Schutztür, die als eine Art Falltür im Boden eingelassen war, stand sogar noch offen. Die Täter waren also immer noch vor Ort. Doch so gut die Täter über den Schutzbunker Bescheid wussten und ihr Vorhaben bis hierher mit Erfolg gekrönt war, so machten

diese einen folgenschweren Fehler!
Den Schlüssel für den Schutzbunker
ließen die Männer im Türschloss
stecken. Alisha zögerte nicht lange.
Sie zog den Schlüssel ab und steckte
diesen in ihre Hosentasche.
Somit hatte sie schon den ersten
Schlüssel gefunden, der zum
Schutzbunker gehörte. Aber wie kamen
die Männer zu diesen Schlüssel?
Wer hat ihnen davon erzählt?
Fragen, auf die Alisha erst einmal
keine Antworten bekommen würde.

Die Stimmen waren bereits nicht mehr
zu hören. Alles war ganz ruhig.
Nur das Vogelgezwitscher von einem
kleinen Rotkehlchen war zu hören.

Alisha schaute durch die offenstehende Bunkertür, die im Boden eingelassen war. Eine eiserne Treppe führte hinunter zu diesen unterirdischen Gängen. Sie wollte keine Zeit verlieren. Ein kurzer Blick auf ihre Armbanduhr verriet ihr, dass in einer guten halben Stunde das Treffen mit Martin anstehen würde. Sollte Alisha sich nun auf den Weg nach Martin machen und zusammen mit ihm in den offenstehenden Bunker gehen oder sollte sie jetzt sofort da runter gehen und diesen unterirdischen Ort genauer unter die Lupe nehmen? Kurz und fest entschlossen entschied sich Alisha dafür, nun direkt vor Ort und alleine in den Bunker hinunter zu gehen.

Sie musste sich beeilen! Es ging hier schließlich um Leben und Tod! Alisha fasste ihren ganzen Mut zusammen und betrat die eiserne Treppe. Sie stieg den Bunker hinunter. Dabei kam ihr ein strenger Geruch entgegen. Nun stand Alisha in einem langen Gang und blickte in diesen hinein. Ihr Herz begann schneller zu schlagen. Was sollte sie nun tun? Alisha presste ihre Lippen zusammen und begann auf Zehenspitzen voranzukommen. Ihr Ziel war, an dem Abzweig vorbei zu kommen, indem sich die Männer aufhielten. Sie musste so leise wie möglich daran vorbeigehen. Auf keinen Fall durften die Täter sie entdecken, ansonsten wäre sie auch

noch in den Händen der Männer
gefangen. Alisha musste der Sache auf
den Grund gehen, ob hier Alice oder
Alberta gefangen gehalten wurden,
vielleicht sogar beide! Sie musste auf
alles gefasst sein. Vielleicht waren die
beiden auch schon längst tot!
Aber solche Gedanken schlug sich
Alisha schleunigst aus dem Kopf.
Sie musste nun klare Gedanken fassen.
Alisha durfte keine gravierenden
Fehler begehen oder sich im Bunker
gar erwischen lassen.
Das könnte ihr das Leben kosten!
Entlang des Ganges waren an der
linken und rechten Seite hell
scheinende Leuchtröhren angebracht.
Alisha musste von ihrer Taschenlampe

somit keinen Gebrauch machen.

Alisha schlich auf Zehenspitzen den langen Gang hinunter. Plötzlich bemerkte sie erneut die Stimmen, die sie zuvor draußen im Garten der Villa wahrgenommen hatte. Es waren die gleichen Stimmen, da gab es keinerlei Zweifel. Immer wenn die Stimmen wieder zu hören waren, rannte Alisha den langen Gang ein weiteres Stück hinunter, um nicht gehört zu werden. Schließlich war sie dem Raum, indem sich die Männer aufhielten, schon so nahe gekommen, sodass die Gespräche deutlich mitgehört werden konnten.

"Musste das alles soweit kommen? Nur wegen dem ganzen Geld? Wir kommen da sowieso nicht weiter", sagte einer der Männer. "Du hast ja recht, die Alte schweigt wie ein Grab und will es uns einfach nicht sagen. Ich glaube, sie würde dieses Geheimnis lieber mit in ihr Grab nehmen", antwortete der andere Mann.

"Dann werden wir der Alten nochmal so richtig unsere kriminelle und gewaltbereite Art spüren lassen. Und wenn sie nicht mit uns kooperieren will, dann..." "Was genau meinst du?" Alisha hörte einen der Männer schelmisch lachen. Dann sprach dieser: "Du weißt es genau, einmal durchladen, peng und die Alte ist tot! Ich brauche der alten ihr Geld nicht, ich will ihr Leben und sonst nichts! Hast du das endlich kapiert?!", sprach einer der beiden Männer.

Alisha hatte das Gespräch zwischen den beiden mitbekommen. Nun wusste sie, dass es sich hier um die Täter von Alberta und ganz bestimmt auch von Alice handelte. Als sie von "der Alten" sprachen, war ihr bereits klar, dass die Männer damit Alberta meinten.

Warum interessieren sich die beiden Männer für ein bestimmtes Geheimnis, wofür Albertas Geld so eine wichtige Rolle spielt? All´diese Fragen schossen Alisha wild durch ihren Kopf. Hatte der laute Knall, der sie aus ihren Schlaf gerissen hatte, mit den Tätern zu tun? Hatten sie vielleicht bereits schon auf Alberta geschossen?

Sie bemerkte wie ihre Knie weich
wurden. Ihr Herz pochte bis zum Hals,
keinen klaren Gedanken konnte sie
mehr fassen. Alisha wollte jetzt nur
eines: Ihre Großtante finden.
Sie blickte sich um, und entdeckte
zwei weitere Abzweigungen. Einer der
beiden führte zu einem separaten
Raum. Alisha rannte los.
Dabei war es ihr in diesem Augenblick
völlig gleichgültig, ob die Männer sie
nun bemerken würden. Ihr war es sehr
wichtig, Alberta wieder zu sehen und
sie hier unter Umständen zu befreien.
Das Glück stand auf ihrer Seite!
Alisha hatte tatsächlich den richtigen
Raumabzweig gefunden, in der Alberta
und auch ihre Schwester Alice

gefangen gehalten wurden.

Einen weiteren Fehler hatten die beiden Täter begangen, sie schlossen die Tür auch hier nicht ab.

Diese Gelegenheit nutzte Alisha aus. Aber so sehr sie sich auch darüber wunderte, warum die Täter keinen Wert darauf legten, die Türen abzuschließen, so wurde es ihr im selben Augenblick bewusst, als sie in den Raum blickte.

Großtante Alberta war noch immer an einen Stuhl festgebunden. Alice wurde an den Händen gefesselt und ein dunkler Stoffsack wurde ihr über das Gesicht gezogen. Die beiden hätten sich sowieso nicht von der Stelle bewegen können.

Alisha blickte zu ihrer Großtante auf.
Sie bemerkte, dass Alberta am rechten
Arm blutete. Das Blut tropfte bereits
auf den Boden. Alisha spürte, wie ihr
bei diesen Anblick der Atem stockte.
"Diese miesen Schweine, wenn ich die
in die Finger bekomme, dann mache
ich die fertig. Niemand legt sich mit
meiner Alberta an. Da sind die beiden
Herrschaften bei mir an der richtigen
Adresse", dachte Alisha.
Dann flüsterte sie: "Ich bin es, eure
Alisha. Wir müssen uns alle leise
verhalten weil die Männer
immer noch hier sind."
Ein leichtes Aufatmen war zu hören.

Die beiden konnten von der mutigen
Alisha doch noch gefunden werden.

114

"Keine Sorge, nun habe ich euch gefunden und wir werden den Tätern entkommen, das verspreche ich", fügte Alisha hinzu.

"Aber wenn die Männer dich hier sehen, dann werden sie uns auf der Stelle alle umbringen", flüsterte Alice mit weinerlicher Stimme.

Alisha ging auf ihre Schwester zu, nahm den Stoff ab, den die Männer ihr über den Kopf gestülpt hatten. Dann sah sie ihrer kleinen Schwester in die Augen und meinte: "Mache dir darüber mal keine Gedanken, wenn es so sein sollte, dann werde ich zusammen mit euch sterben. Denkt ihr, dass ich euch nun im Stich lassen werde?"

Alice grinste ihre Schwester herzlichst

an. Immer wieder war sie von ihrer ganzen Art und Weise beeindruckt. Diesen Mut bewunderte sie so sehr an ihrer älteren Schwester.

Doch dann nahm das Schicksal seinen Lauf, Alberta begann nach Luft zu schnappen, ihr fiel das Atmen immer schwerer. Alisha legte den Arm um Albertas Schultern. Dabei streichelte sie ihr sanft über den Rücken und meinte: "Alles wird gut, wir holen dich hier raus und bringen dich ins Krankenhaus." Doch die ältere Dame widersprach: "Nein, lasst mich gehen von dieser Welt, irgendwann muss es vorbei sein. Die beiden Männer haben mich zu Tode gequält.

Lasst mich in Frieden sterben."
Sie reichte Alisha ein Stück Papier
und sagte schließlich:
"Nutzt diese geheime Botschaft weise,
nur ich wusste davon. Lüftet endlich
dieses Geheimnis und passt gut darauf
auf, dass es nicht in falsche Hände
gerät. Dies könnte für euch den
sicheren Tod bedeuten. Grüßt eure
lieben Eltern ganz herzlich von mir.
Alisha, Alice ich habe euch beide von
Herzen lieb und danke für alles."
Dann verstummte Albertas Stimme für
immer. Ihr Kopf neigte sich zur Seite.
Alberta war tot!
Alisha und Alice standen nun da und
waren den Tränen sehr nahe.

Plötzlich hörten sie dumpfe Schritte, die immer näher kamen. Die beiden saßen in der Falle, was sollten sie bloß tun? Alice und Alisha nahmen sich schließlich an die Hand, wenn sie nun sterben mussten, dann wollten sie es gefälligst gemeinsam tun...

FORTSETZUNG FOLGT IM 2. BAND:

„DAS GEHEIMNIS DES SCHLÜSSELS 2"

ENDE

Danksagungen

Damit dieses Buch verfasst und anschließend überhaupt veröffentlicht werden konnte, benötigte ich dafür etwas Unterstützung. Diese habe ich von der Familie, Freunden und Bekannten erhalten dürfen. Und dafür möchte ich mich hier nun nachstehend herzlich bedanken.

*Zuallererst möchte ich mich bei meinen lieben **Eltern** ganz herzlich bedanken.*

Meiner lieben **Mama** ein ganz herzliches Dankeschön, die immer für mich da ist und mir so vieles beigebracht hat und mich auch bei der Verfassung dieses Buches erneut motivierte.

Ein ganz herzliches Dankeschön Mama, für Deine große Hilfsbereitschaft. Ohne Deinen Einsatz, hätte dieses Buch einige Schreibfehler... (sie, sie, sie) ☺

Deshalb habe ich auch mein Versprechen eingehalten, Dir ein eigenes Buch zu widmen.
Dies gilt als Zeichen meiner Dankbarkeit.

Meinem lieben **Papa** möchte ich auch an dieser Stelle von ganzem Herzen für alles danken.

Dafür, dass er für mich immer da ist und mir auch so viel im Handwerksbereich lehrt.

Er hat stets ein offenes Ohr für mich und dafür bin ich ihm unendlich dankbar.

Dankeschön Papa, nun habe ich meinen ersten Kriminalroman geschrieben.

Namentlich erwähnen möchte ich:

Thomas Pinger

Herzlichen Dank für Ihre Hilfsbereitschaft und Mühe, mir einen passenden Schlüssel für dieses Buchcover zu besorgen. Ohne Ihre Hilfe wäre es nicht möglich gewesen, das Buchcover so gut zu entwerfen.

Als Zeichen meiner Dankbarkeit erwähne ich Sie in diesem Buch mit Ihrem Namen.

Den Kinder- und Jugendtreffpunkt „Go-In"

Auch an Euch ein Dankeschön, für die Bereitschaft, mir etwas *Theaterblut* zur Verfügung zu stellen, um damit das Buchcover dem Genre angemessen gestalten zu können.

Dank Euch, darf das Cover nun so aussehen, wie es nun aussieht. ☺

Ingrid Gleffe

Ein herzliches Dankeschön, dass Du Dich um uns so liebevoll kümmerst. Du hast stets ein offenes Ohr für uns. Dafür sind wir Dir von Herzen dankbar.

Ihr beide seid für uns da in guten, wie in schlechten Zeiten.

Eckhard Gleffe

Auch Dir ein herzliches Dankeschön, dass Du für uns stets ein offenes Ohr hast. Dafür sind wir Dir von Herzen dankbar.

Ihr beide seid für uns da in guten, wie in schlechten Zeiten.

Meinen lieben **Großeltern** aus dem schönen Frankenland auch einen lieben Gruß.

Meiner lieben **Oma aus Franken** möchte ich auch für vieles danken, was sie für mich alles getan hat. Du fehlst mir sehr und ich würde Dich so gerne noch einmal in den Arm nehmen.

Oma, ich habe Dich von ganzem Herzen lieb.
In Liebe, Dein Sneckers.

Meinem lieben **Opa aus Franken** möchte ich in diesem Buch auch ein paar Zeilen der Dankbarkeit widmen. Für vieles darf ich Dir heute danken, was Du alles für mich getan hast.

Du fehlst mir sehr und ich würde mit Dir so gerne noch einmal im Garten zusammenarbeiten.

Opa, ich habe Dich von ganzem Herzen lieb.

In Liebe, Dein Alexander.

Meiner lieben
Oma aus Westfalen möchte ich
auch herzlich danken.
Dafür, dass ich sie noch haben
darf und sie stets für mich da ist.

Danke Oma für alle lieben
Geschenke und
auch dafür, dass Du für mich
immer einen „Taler" überhast.

Meinem lieben
Opa aus Westfalen an dieser
Stelle auch ein ganz herzliches
Dankeschön.

Opa, Du hattest stets ein
„offenes Ohr" und „offenes Herz"
für mich.

In Deinem Herzen hatte ich stets
einen besonderen Platz. Genauso
ist es auch bei mir. Du bleibst in
meinem Herzen und ich werde
Dich nie vergessen.

Danke für alles.

Das waren nun alle, die es verdient haben bei den Danksagungen dieses Buches erwähnt zu werden. Ich wünsche nun allen Leserinnen und Lesern für die Zukunft alles erdenklich Gute, viel Gesundheit und Glück im Leben.

Alexander Gedatus
Hamm, Nordrhein-Westfalen
im Mai 2020

WIE KÖNNTE ES MIT ALICE UND ALISHA WEITER GEHEN ???

HIER IST PLATZ
FÜR EURE NOTIZEN